### El Barco de Vapor

# Rasi quiere volar

## Begoña Oro

Ilustraciones de Dani Montero

LITERATURA**SM**•COM

Primera edición: septiembre de 2016

Gerencia editorial: Gabriel Brandariz
Coordinación editorial: Carolina Pérez
Coordinación gráfica: Lara Peces

© del texto: Begoña Oro, 2016
© de las ilustraciones: Dani Montero, 2016
© Ediciones SM, 2016
 Impresores, 2
 Parque Empresarial Prado del Espino
 28660 Boadilla del Monte (Madrid)
 www.grupo-sm.com

ATENCIÓN AL CLIENTE
Tel.: 902 121 323 / 912 080 403
e-mail: clientes@grupo-sm.com

ISBN: 978-84-675-8956-6
Depósito legal: M-9698-2016
Impreso en la UE / *Printed in EU*

Cualquier forma de reproducción, distribución,
comunicación pública o transformación de esta obra
solo puede ser realizada con la autorización de sus titulares,
salvo excepción prevista por la ley. Diríjase a CEDRO
(Centro Español de Derechos Reprográficos, www.cedro.org)
si necesita fotocopiar o escanear algún fragmento de esta obra.

*Para Guillermo Belenchón Encinas,
que también quiere volar.
Y lo hará.*

*Para las Palomas editoras (Muiña y Jover),
que tantas veces me han dado alas.*

¡Hola! Soy Elisa. Y os presento a...

# LA PANDILLA DE LA ARDILLA

**NORA**
Nora es tímida.
Le **encantan** la naturaleza,
las cosas bonitas,
los cuentos de su abuela
y los libros.

**AITOR**
A Aitor también le gustan
los libros, la música...
y es un aventurero.
A veces saca versos
de dentro del sombrero.
Y es que Aitor es nervioso
y medio poeta.

## IRENE

Irene es tan nerviosa
como Aitor... o más.
Irene es tan «más»
que le encantan las sumas,
el fútbol y la velocidad.
Pero hasta una deportista veloz
necesita calma de vez en cuando.

## ISMAEL

Ismael es experto
en mantener la calma,
comer piruletas, pintar
¡y hacer amigos!
¡Ah! A veces
(muchas veces)
se olvida de cosas.

**RASI**

¿Y yo? ¿Nadie va a hablar de mí?

Era un día más de clase. Todos los miembros de la pandilla de la ardilla escuchaban con atención a Diego. ¿Todos?

Casi.
Aitor miraba por la ventana.
Ahí fuera estaría Rasi. Libre. A su aire.
«¡Qué suerte!», pensó Aitor.
Pero entonces, escuchó su nombre.

—¿Verdad, Aitor? —había dicho Diego.
Aitor giró rápidamente la cabeza
y respondió, sin saber muy bien a qué:
—Verdad, verdad.
Juraría que,
antes de volver la cabeza del todo,
había visto una albóndiga roja voladora.

Poco después,
fue Irene la que miró por la ventana.
Cerca del árbol, ¡algo volaba!
–¿Es un pájaro? ¿Es un avión?
–dijo en voz alta.
El objeto volador cayó al suelo.

–Muy bien, Irene –dijo Diego, siguiendo con la clase–. Esos serían dos buenos ejemplos de oraciones que llevan signos de interrogación.

¿Es un pájaro?
¿Es un avión?

Irene miraba ahora hacia el suelo. Ismael miró en la misma dirección. Una cabecita marrón con nariz rosa asomó por debajo de una tela roja.

–¡Es Rasi! –exclamó.

–Muy bien –dijo Diego sin apartar la vista de la pizarra–. Y esa frase iría entre exclamaciones.

Y escribió: «¡Es Rasi!».

–Por cierto, otra frase entre interrogaciones: «¿Dónde está Rasi?» –preguntó Diego–. Hoy no ha venido a clase.

La pandilla de la ardilla señaló hacia la ventana.

Junto al árbol, en el suelo, seguía viéndose la cabeza de Rasi bajo la tela roja.

Diego se rascó la cabeza.

–Entre interrogaciones: «¿Ese no es el pañuelo de Elisa?».
Pero antes de que hubiera tiempo de contestar, sonó el timbre del recreo. Entre exclamaciones:
¡¡¡RIIIIIING!!!

La pandilla salió corriendo hacia el patio.
Llegaron junto al pañuelo de Elisa.
Ismael lo levantó con cuidado.
Entonces practicaron las oraciones exclamativas y las interrogativas:

–¡Rasi! ¿Estás bien?

Rasi soltó un HIIII lastimero.
Llevaba el pañuelo rojo atado al cuello, como una capa, y se le había quedado la oreja derecha plegada.
Cuando se levantó, vieron que cojeaba.

lastimero - pitiful

–¡Ay, Rasi! –la cogió Nora entre los brazos y empezó a acariciarla–. ¿Te has hecho daño?

Rasi asintió con la cabeza con carita de pena.

–¡Yo la vi! –dijo Irene.

–¡Y yo! –exclamó Aitor.

–¡Se lanzó por el aire como si fuera Superman! Y cayó al suelo como si fuera una piedra... ¡PUM!

«Hiiii», se lamentó Rasi
con la cabeza gacha.
   Luego miró hacia arriba.
Una paloma cruzó el cielo.
Rasi la miró y suspiró.
   –Ven, SuperRasi
–dijo Ismael cogiéndola con cuidado–.
Te curaremos.

La pandilla fue hacia el cuarto de Elisa.

–¡Elisa! –exclamó Aitor nada más verla–. No te vas a creer lo que estaba haciendo Rasi.

Elisa miró a Rasi muy seria.

–No me digas que estabas intentando volar otra vez.

Rasi miró al suelo y dijo: «Hiii hiii», que, como todo el mundo sabe, significa en idioma ardilla: «Oh, oh. Me han vuelto a pillar».

—¿Otra vez? —preguntaron todos.

Entonces Elisa les explicó lo que había pasado.

Hacía unos días había pillado a Rasi con unas bragas de su abuela. ¡Las había cogido y las había utilizado para tirarse en paracaídas!

Ese día se torció el tobillo al caer. Desde entonces cojeaba.

bragas - knickers

un petardo - firecracker
la mecha - fuse

Otro día cogió un pequeño cohete que Elisa guardaba junto a unos petardos. Cuando Elisa la pilló, Rasi se había atado con un cinturón al cohete.

–¡Estaba intentando encender la mecha con una cerilla! –explicó Elisa.

chamuscado - singed

—¡Rasi! —exclamó Ismael—. ¡Podrías haberte quemado!

Elisa volvió a mirar a Rasi muy seria.

Rasi se miró el bracito izquierdo. Tenía tres pelos chamuscados. Ya se había quemado.

un estornino - starling

–Hiiii hiiii hiiii hiiii –dijo Rasi, o sea:
«Y el jueves es casi casi viernes,
¿pero a que no es lo mismo?».
　　Rasi volvió a mirar por la ventana.
Una bandada de estorninos cruzaba el cielo.
Rasi suspiró otra vez.
Así era como quería volar.
Sin «casi casi».

—Nora tiene razón, Rasi –dijo Aitor–. Piensa que peor lo tienen las tortugas.
 —¡Ay, Rasi! –dijo Ismael mirando la bandada de pájaros–. Sin alas, no se puede volar.

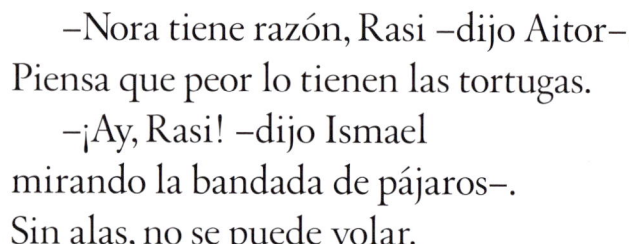

tramar - to plot

Rasi miró a Irene, miró a Nora, miró a Aitor, miró a Ismael. Luego miró otra vez a los pájaros, miró a los columpios y volvió a mirar a la pandilla. Entonces se le escapó una sonrisa.

«Ay, madre», pensó Ismael. «Rasi está tramando algo».

Sin embargo, pasaban los días y Rasi no había hecho ningún intento de volar, que la pandilla supiera.

Lo único que hacía era visitar la biblioteca.

—Pero ¿qué hace en la biblioteca? —preguntó Aitor.

—No sé —decía Silvia, la bibliotecaria—. Busca libros... Lee... ¡Ah! Y a veces se lleva algunos de los libros que retiro porque están estropeados. Casi casi no sirven.

–¿Para qué los querrá? –preguntó Irene.
Silvia se encogió de hombros. Pero entonces recordó otra cosa.

el balancín-swing seat

Tardaron tres días en averiguar
qué estaba tramando Rasi.
Fue un viernes (casi casi un sábado).
Habían salido al patio a la hora del recreo.
La pandilla se acercó a los columpios.
Irene, como siempre,
fue a tomar posesión del balancín.
Tiró del asiento que estaba en lo alto y...

Algo salió catapultado.
Algo con alas.
O algo parecido a unas alas.
¡Eran alas de papel pegadas a palitos para remover el café!

—¡Es Rasi! —dijo Irene.
—¡Vuela! —exclamó Ismael.
—¡Mis gafas de la piscina! —dijo Aitor.
—¡Cuidado! —exclamó Nora.
—¡HIIII HIIII HIIIII! —dijo Rasi, que, como todo el mundo sabe, significa en idioma ardilla: «¡No os preocupéis, chicos! ¡Estoy bien! ¡Estoy volaaaaaaaan...!».

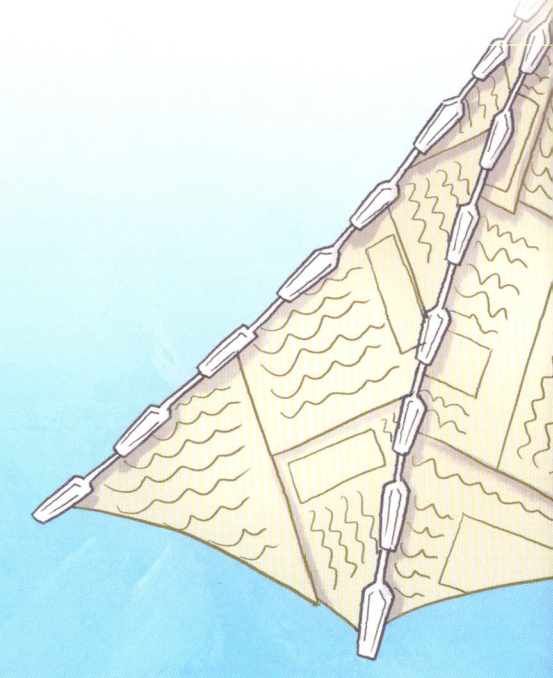

–Hiii hiii hiiii –se quejaba.
Se había hecho sangre en la nariz...
Nora la cogió con cuidado.
 –¡Tenemos que llevarla al cuarto de Elisa!
¡Hay que curarle la herida! –dijo Irene.

Pero Rasi no quería que Elisa se enterara de lo que había hecho.

—Está bien —dijo Aitor—. Te curaremos en secreto.

—Pero tienes que prometer que no volverás a intentar volar —advirtió Ismael.

Aprovechando que Elisa estaba cambiando las bombillas de la primera planta, la pandilla se coló en su cuarto y cogió el botiquín.
Lavaron bien la herida de Rasi y le pusieron desinfectante.

–Hiii –se quejaba Rasi.
Nora la sujetaba y le acariciaba la cabeza.
–¡Pero si no pica nada! –dijo Ismael–. Eso dice siempre mi madre.
–¡Y la mía! –dijo Irene–. ¿Pero a que pica?
–Hiii –dijo Rasi.

Nora sacó una tirita morada
con forma de murciélago.
–Esto... –sugirió Aitor–.
¿No hay alguna de otro animal?
¿De un animal que no tenga alas?
A ver si le va a dar por volar a la tirita.

Al final acabaron poniéndole una tirita amarilla con forma de pez.

–Y ahora, procura que no te vea Elisa –dijo Irene.

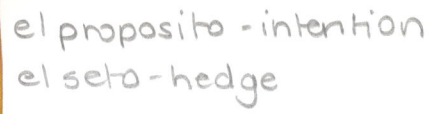

Pasaban los días.
Pudieron quitar la tirita a Rasi.
Parecía que había olvidado
su propósito de volar.
Pero tampoco se la veía tranquila.
Entraba y salía de clase,
subía y bajaba del árbol,
y correteaba de aquí para allá
como cuando andaba almacenando
comida para el invierno.
Luego desaparecía detrás de los setos
y se pasaba un buen rato ahí dentro.

encoger- to shrink

–¿Qué estará haciendo?
–se preguntaba Ismael,
intentando ver a Rasi entre los setos.
  –¿No estará construyendo un avión?
–dijo Nora.
  –Sí, claro. Un Boeing 747, no te fastidia
–dijo Irene–. ¿O será un Airbus A320?
  –Pues yo me hago otra pregunta
más importante –dijo Aitor. Todos lo miraron–:
¿Por qué ha vuelto a encoger mi bocadillo?

No era la primera vez.
Llevaban varios días así:
cuando iban a comer el almuerzo,
se encontraban con que los bocadillos
se habían hecho más pequeños.

—¿Será el calor? —dijo Nora.

—O el frío —pensó Ismael.

—Ahora que lo pienso...
—dijo Irene haciendo cuentas—.
Los bocadillos empezaron a encoger
justo después del último vuelo de Rasi.
¿No tendrá algo que ver?

*la mortadela - Italian sliced meat*
*menguante - waning (getting smaller)*

–¿Qué insinúas? –dijo Aitor–. ¿Que Rasi se está haciendo un avión de pan y mortadela?
Sí, ya lo veo: Jamón Airways.

La pandilla se quedó pensativa.

No. Definitivamente, no podía haber ninguna conexión entre los vuelos de Rasi y los bocadillos menguantes. Al menos, que ellos supieran.

registrarse – to happen, to occur

En ese momento, Rasi salió del seto y se posó sobre el hombro de Aitor.

–Rasi, ¿seguro que no me has cogido tú parte de mi bocadillo?

–¡Hiii! –dijo Rasi, o sea: «¡A mí que me registren!».

–Está bien. Está bien. Pero yo me he quedado con hambre –insistió Aitor.

–¿Quieres? –le ofreció Irene.
Tenía palomitas para almorzar.
Las palomitas no desaparecían nunca.
Solo parte de los bocadillos.

—¿Ves, Irene? —dijo Ismael—. Si Rasi fuera la que hace desaparecer los almuerzos, habría cogido palomitas. Le encantan. ¡Y además vuelan!

—¿Vuelan? —preguntó Nora.

Irene lanzó una palomita al aire
y Rasi la cazó al vuelo.
   Casi se atraganta.
No por culpa de la palomita.
Fue por culpa de la risa.
Rasi masticaba la palomita,
se reía y pensaba: «¡Ya lo creo que vuelan!
¡Las palomitas y las palomas!».

La pandilla tenía un plan.
En realidad, tenía dos planes.
Por un lado, averiguar
lo que estaba haciendo Rasi.
Por otro, investigar el misterio
de los bocadillos menguantes.

–¡Primero investigaremos qué hace Rasi!
–propuso Irene.

–Pero vamos a morir de hambre
–se quejó Aitor–.
¿No es más urgente investigar
por qué encogen los bocadillos?

La pandilla votó y salió
(tres votos a uno) que primero investigarían
qué estaba haciendo Rasi.
Nora había traído de casa los prismáticos.
Aitor había pedido prestada una cámara
de fotos. Ismael convenció a Diego
para que les dejara investigar
durante la hora de clase.
Así se aseguraban de pillar a Rasi
sin que ella se diera cuenta.
Diego les dio permiso. Pero, a cambio,
tendrían que presentar luego ante la clase
el resultado de su investigación.

La investigación
tuvo que alargarse un poco.
Pero mereció la pena.
　　Cuando la pandilla descubrió
lo que estaba pasando,
se quedaron con la boca tan abierta
que les habría cabido una patata a cada uno.
Ahora verás por qué.

La pandilla de la ardilla estaba lista para contar ante la clase el asombroso resultado de su investigación.

El día anterior se habían juntado en casa de Nora para preparar la presentación y ensayar lo que iba a decir cada uno.

La primera en hablar era Nora. Estaba muy nerviosa. No le gustaba hablar delante de toda la clase.

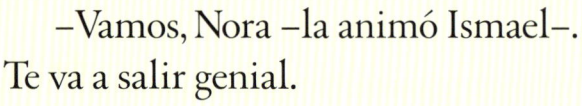

–Vamos, Nora –la animó Ismael–.
Te va a salir genial.
 Nora miró a la clase y luego miró al suelo.
 –Hay veces... –empezó muy bajito.
 –¿Puedes hablar más alto, Nora?
–le pidió Diego.
 Nora se frotó las manos, tomó aire
y miró a Rasi, que estaba al fondo de la clase,
escuchando. Rasi cerró el puño
y levantó el dedo pulgar.

—Hay veces –dijo ahora en voz alta y clara– en que uno investiga una cosa y descubre otra. Algunos grandes descubrimientos llegaron así: por casualidad. Nosotros empezamos investigando qué estaba haciendo Rasi. Pero, por casualidad, acabamos descubriendo la solución a otro misterio.

Le tocaba hablar a Aitor.

–Así es. En estas últimas semanas, varios compañeros hemos notado que nuestros bocadillos se hacían más pequeños –contó con mucho dramatismo–. Sin embargo, hemos encontrado la explicación para este extraño fenómeno.

ahogado - suffocated, muffled

Entonces dio paso a una fotografía.
En la clase se oyó un grito ahogado.
Algunos se volvieron a mirar a Rasi.
No parecían muy contentos.
Rasi se escondió detrás de una maceta.

Ismael pidió calma a sus compañeros.
—Esperad, esperad.
Como veréis a continuación,
Rasi tenía un motivo importante
para llevarse el pan.
Rasi dijo «hiiii hiii»
desde detrás de la maceta.

un barullo - din, noise

Se armó un pequeño barullo.
Diego pidió silencio a la clase
y animó a la pandilla
a seguir con su presentación.

09:30:22

—En este vídeo –siguió explicando Irene–, podemos ver a Rasi saltando sobre un bocadillo.

—Pero ¿para qué hace eso? ¿Es un deporte de ardillas? –preguntó Guillermo, un compañero de clase–. ¿Salto sobre bocadillo?

—Me recuerda a los que pisan las uvas para hacer vino –dijo Diego.

—Bueno, sí. Al principio pensamos que quería prepararse unas migas con huevo frito –dijo Aitor. Solo de pensarlo, se le hizo la boca agua. De tanto pensar en las migas con huevo frito, se olvidó de lo que tenía que decir después.

—Pero, en realidad –siguió Ismael–, lo que Rasi estaba haciendo era reunir el precio.

—¿El precio? ¿Qué precio? —preguntó Diego.

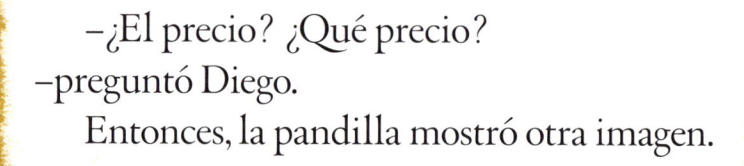

Entonces, la pandilla mostró otra imagen.

**BIRD AIRLINES**

Viaje a Laguna Larga
IDA Y VUELTA: desde 2 kilogramos

¡Aproveche esta oportunidad!

Pago en migas. No se admiten pagos en barra ni hogaza. Tasas no incluidas.

la hogaza — loaf

Toda la clase se volvió a mirar a Rasi.
Rasi volvió a esconderse detrás de la maceta.
Nora fue a buscarla.
La sacó de allí, la cogió en brazos
y la llevó delante de la clase.
Por el pasillo le susurraba:
«Tranquila, tranquila».
La propia Nora también seguía nerviosa,
pero estar con Rasi le hacía sentir mejor.

propio - typical

—Hace tiempo que Rasi sueña con volar –explicó Nora–. Lo ha intentado de todas las formas posibles.

—Sí –tomó la palabra Ismael–. Y, aunque a veces los intentos han sido algo dolorosos, Rasi no se ha dado por vencida.

*una postilla - scab*

Rasi miró a la clase con timidez. Todavía tenía la oreja derecha un poco plegada, aún cojeaba y seguía con los tres pelos chamuscados en el brazo izquierdo.
Y aunque ya no llevaba la tirita, aún se le veía una pequeña postilla en la nariz.

–Hombre, robarnos los bocadillos
para conseguir pagar el precio
del billete de un vuelo
no ha sido la mejor idea –dijo Aitor.

Rasi se escondió avergonzada
dentro de la camiseta de Nora.

–¡Pero nos ha pedido perdón!
–la defendió Nora–. ¿Verdad, Rasi?

–Hiii hiii –dijo Rasi, que,
como todo el mundo sabe, significa:
«Sí. Lo siento mucho. No volverá a ocurrir».

Rasi salió de la camiseta de Nora
y correteó hacia la ventana.
De su almacén personal, sacó diez avellanas
y dio una a cada uno de los alumnos
a los que había cogido pan.

   –Nos ha prometido que devolverá
el peso de los bocadillos en nueces y avellanas
–dijo Irene a la clase.

   –Hiii hiii –volvió a decir Rasi arrepentida.

   Guillermo y Rocío empezaron a aplaudir.
Luego los siguieron Mima, Inés y Lucía.
Y por fin, toda la clase.

¡PLAS!
¡PLAS!
¡PLAS!

La pandilla no tenía muy claro
si les aplaudían a ellos o a Rasi.
Parecía una manera de perdonarla.
Pero el profesor sí se dirigió a ellos:

–Muchas gracias, chicos –dijo Diego–.
Enhorabuena por la investigación.
Y por la presentación.
Habéis hecho un trabajo excelente.

La pandilla sonrió orgullosa.

–¡Pero aún no hemos acabado! –dijo Irene.
Entonces dio paso a una foto más.

En ella se veía a Rasi
volando a lomos de una paloma.
La foto estaba tomada desde el suelo,
utilizando el *zoom*. Rasi se agarraba fuerte
al cuello de la paloma y asomaba la cabeza.
Los ojos le brillaban tanto que se podía ver
reflejado en ellos todo lo que veía
desde lo alto: las copas de los árboles,
las torres de la ciudad, los tejados de las casas,
los coches que parecían de juguete,
las cabezas pequeñas como piojos de sus amigos…

–Vaya –dijo Diego
mirando la cara de Rasi en la foto–.
Es la mismísima imagen de la felicidad.
   En ese momento,
Rasi también parecía completamente feliz.
Porque, dentro de ella,
guardaba como un tesoro el recuerdo
del día que consiguió cumplir su sueño.

Igual que conserva el recuerdo del mareo,
del vómito de después, del rasguño,
de la herida, de la cojera... Así que,
de momento, casi casi no piensa repetir
la experiencia. ¡Y eso que Bird Airlines
no deja de bombardearla con publicidad!

## BIRD AIRLINES

Estimada Rasi:

Nos complace informarla de que la compañía Bird Airlines ha ampliado su flota con la incorporación de dos halcones peregrinos y un cóndor andino. Disfrute ahora del máximo confort y velocidad y llegue a su destino en un visto y no visto.

Un cordial zureo,
Paloma Cuculí
Directora General de Bird Airlines

## ¿Y tú?

Rasi soñaba con volar
e hizo todo lo posible para conseguirlo.
¿Y tú? ¿Con qué sueñas?
¿Qué harías para alcanzar eso
que tanto deseas? Escríbelo o dibújalo.

Sueño con

Plan A para conseguirlo:

Plan B para conseguirlo
(por si falla el plan A, que ojalá que no):

¡Hiiii hiii!*

*Traducción del idioma ardilla: «¡Sueña a lo grande!».

## TE CUENTO QUE A DANI MONTERO...

... de niño soñaba con ser aventurero, como Indiana Jones. También quería ser veterinario, porque amaba a los animales, y creador de historias, porque le encantaba inventarlas con cualquier cosa que tuviera a mano (muñecos, palos, sacacorchos...), sobre todo con dibujos. Este último sueño lo cumplió y se convirtió en dibujante, creando universos a través de ilustraciones. Y ahora sabe que lo importante no es cumplir tus sueños tal y como los concibes, sino el camino que recorres tratando de conseguir aquello que buscas. Ese es el gran viaje, esa es la gran aventura. Al igual que Rasi, que quiere volar y pone todo su empeño en conseguirlo. Seguramente el resultado final no es el que había ideado, pero el viaje hasta llegar ahí le ha permitido experimentar y aprender caminos nuevos.

**Dani Montero** nació en Catoira (Pontevedra). Sus inicios profesionales fueron en el campo de la animación, tanto en largometrajes como en series. Ha sido galardonado con diversos premios en animación, caricatura y cómic.

Si quieres saber más sobre él, visita su web y su blog:

www.danimonteroart.com

www.danimonteroart.com/es/blog

## TE CUENTO QUE BEGOÑA ORO...

... vive con un ratoncito que se llama Remy (no, aunque tenga el mismo nombre, el ratoncito de Begoña no es el de la película *Ratatouille*; es otro, más guapo, aunque no cocina tan bien). El caso es que Remy trabaja en Donnybrook Fair, una tienda de comida riquísima donde es mejor no entrar con hambre. Remy se encarga de seleccionar los quesos. ¡Tiene un gusto exquisito! Aunque de casa de Begoña a Donnybrook Fair no hay mucha distancia, Remy tiene las patitas cortas y suele ir a trabajar en *taxi-bird* (*bird* es «pájaro» en inglés; es que Remy vive en Irlanda y ahí se habla en inglés). Sale de casa, se monta en un pájaro que le lleva a su lugar de trabajo y listo. ¡No se cansa nada! ¿Te imaginas ir cada día al colegio volando?

**Begoña Oro** nació en Zaragoza y trabajó durante años como editora de literatura infantil y juvenil. Ha escrito y traducido más de doscientos libros: infantiles, juveniles, libros de texto, de lecturas... Además, imparte charlas sobre lectura, edición o escritura.

Si quieres saber más sobre Begoña Oro, visita su web: www.begonaoro.es

## Si te ha gustado este libro, visita LITERATURASM·COM

Allí encontrarás:

- Un montón de libros.
- Juegos, descargables y vídeos.
- Concursos, sorteos y propuestas de eventos.

¡Y mucho más!

### Para padres y profesores

- Noticias de actualidad, redes sociales y suscripción al boletín.
- Propuestas de animación a la lectura.
- Fichas de recursos didácticos y actividades.